In dieser Stadt gibt es viele Schilder mit nur einem Ausrufezeichen.

GEFAHR

Diese Warnschilder weisen auf »sonstige Gefahren« hin.

Dinge, vor denen man sich in Acht nehmen muss und die nicht durch die anderen 26 Warnschilder darstellbar sind.

Aber was
sind das
für Dinge,
vor denen
man sich
in Acht
nehmen
muss?

Nun
ja ...

Mysterious Disappearances

Nujima

1

1. Mysterium || Tsukiyomis Wasser der Jugend Teil 1

Im Okkult-Board steht seit gestern was Neues zur »Kisaragi Station«.*

Ich hab die ganze Nacht gelesen!

Gut, dass du fragst, Ren!

Du siehst müde aus. Hast du nachts was geschrieben?

*Japanische urbane Legende über eine fiktive Bahnstation, die ursprünglich über 2channel verbreitet wurde.

Und red gefälligst nicht mehr über mein Alter, du Bengel!

Was du nicht sagst! Greif dir mal an die eigene Nase!

BRÜLL

Ich bin entsetzt

Ach, die Story ... Erstaunlich, dass du in deinem Alter noch Spaß an fiktiven urbanen Legenden hast, die unlogisch und klar gelogen sind.

Das Okkulte fasziniert, ängstigt und verwirrt durch unerklärliche Dinge, die unseren Verstand übersteigen.

Dieses Vergnügen erregt das Gemüt so wie Hunger oder der Sexualtrieb, die tief in uns verwurzelt sind.

SCHNAUB

Ausgedachte Gruselgeschichten und urbane Legenden sind wirklich was Feines!

Bengel ...

Monthly Spirits

Du bist ja ein ganz schönes Luder ...

Dreh mir nicht die Worte im Mund um!

... wegen einer Sache, die dieselben Instinkte anspricht wie ein Porno.

Also hast du die Nacht durchgemacht ...

oje.

oje.

oje.

Er redet ohne Ende, es ist eine Plage.

Hallo Herr Onishi!

Wirklich erstaunlich, dass Ren so viel redet.

... dass er nur mit Ihnen spricht?

Sehen Sie? Wussten Sie etwa nicht ...

Hey ... jetzt zu schweigen, ist unfair.

Oder nicht, Ren?

LÄCHEL

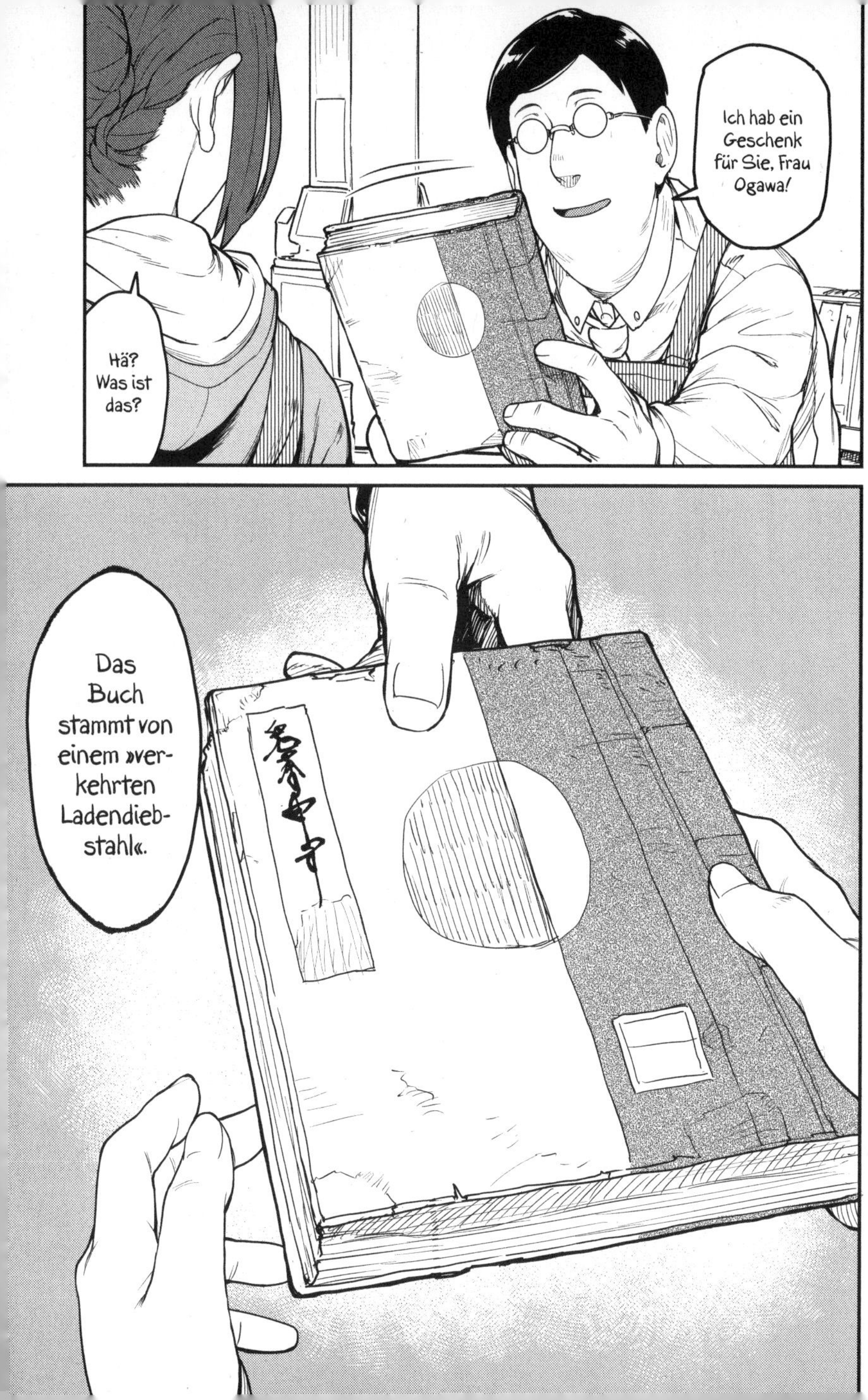
Ich hab ein Geschenk für Sie, Frau Ogawa!
Hä? Was ist das?
Das Buch stammt von einem »verkehrten Ladendiebstahl«.

Wie das Wort schon sagt, ist es das Gegenteil eines Ladendiebstahls.

Die Bücher werden nicht gestohlen, sondern es kommen welche hinzu.

Heute ist doch Ihr Geburtstag.

Ja schon, aber ...

Du weißt nicht, was das ist?

Huch ...

Wahrscheinlich war es nur ein Streich.

Sie haben recht, aber ...

Tss!

Du nimmst kein Blatt vor den Mund!

...

Wie dem auch sei. Nehmen Sie es doch bitte mit nach hinten, bevor Sie heimgehen.

Auf den Überwachungsvideos findet sich keine Spur vom Täter.

Es gibt nicht den kleinsten Hinweis darauf, wer wann wie viele Bücher dagelassen hat.

Unheimliche Bücher unbekannter Herkunft sind eine urbane Legende unter Buchhändlern.

Für das Alter ist das beachtlich!

SLIP

Miwa ist doch achtzehn, nicht wahr?

Tja. Das schafft nicht jeder.

Was sie wohl schreibt?

In letzter Zeit hab ich nichts mehr geschrieben.

Und wie läuft es bei dir, Sumireko? Du hast doch mal von einem neuen Werk gesprochen.

Ich sollte zusehen, dass ich nach Hause komme und was zu Papier bringe.

Das ist richtig peinlich, wenn ich höre, wie produktiv Miwa ist.

Ach ja? Das sagst du doch nur zum Spaß.
Diese Aufzeichnungen handeln von der schlichten Freundschaft zwischen ...
Nie im Leben!
Du kannst mir viel erzählen.
... dem schlagfertigen Ren Adashino und mir, Sumireko Ogawa, und unserem Abschied.

KRIEK

KLACK

Puh.

FLAPP

... wurde mein Debütroman veröffentlicht, den ich im Rahmen des Literaturklubs geschrieben hatte.

Als ich fünfzehn war ....

Rückblickend waren sowohl Aufbau als auch Stil des Romans unreif.

Doch glücklicherweise gewann ich damit einen Nachwuchspreis.

Es war eine Gruselgeschichte über einen vermissten Jungen.

Sie wurde sehr gut aufgenommen, was vielleicht auch meiner Jugend geschuldet war.

* japanisches Sprichwort.

... Wunderkind mit zehn, talentiert mit fünfzehn, ab zwanzig nur ein einfacher Mensch.*

Aber ...

... und statt des Verlags war ich diejenige, die große Erwartungen in mein nächstes Werk setzte.

Das Schreiben machte mir unglaublich viel Spaß ...

Wie es aussieht, war ich nur ein einfacher Mensch.

23:55 PM

Das neue und verbesserte Karuta*-Match!

Die Buchläden sind voll vielversprechender junger Schreibender, die vor sich hin gammeln, ohne dass aus ihnen irgendetwas wird.

Obwohl es mir nicht gelang, eine professionelle Autorin zu werden, konnte ich meinen Traum nicht aufgeben und wollte den Büchern so nahe wie möglich sein.

* Japanisches Kartenspiel, das gern zu Neujahr gespielt wird.

BIEP

00:00 PM

Mein Arbeitsplatz umgeben von Büchern wirkt narkotisierend...

BIPIEP

...doch in manchen Momenten setzt die Wirkung aus!

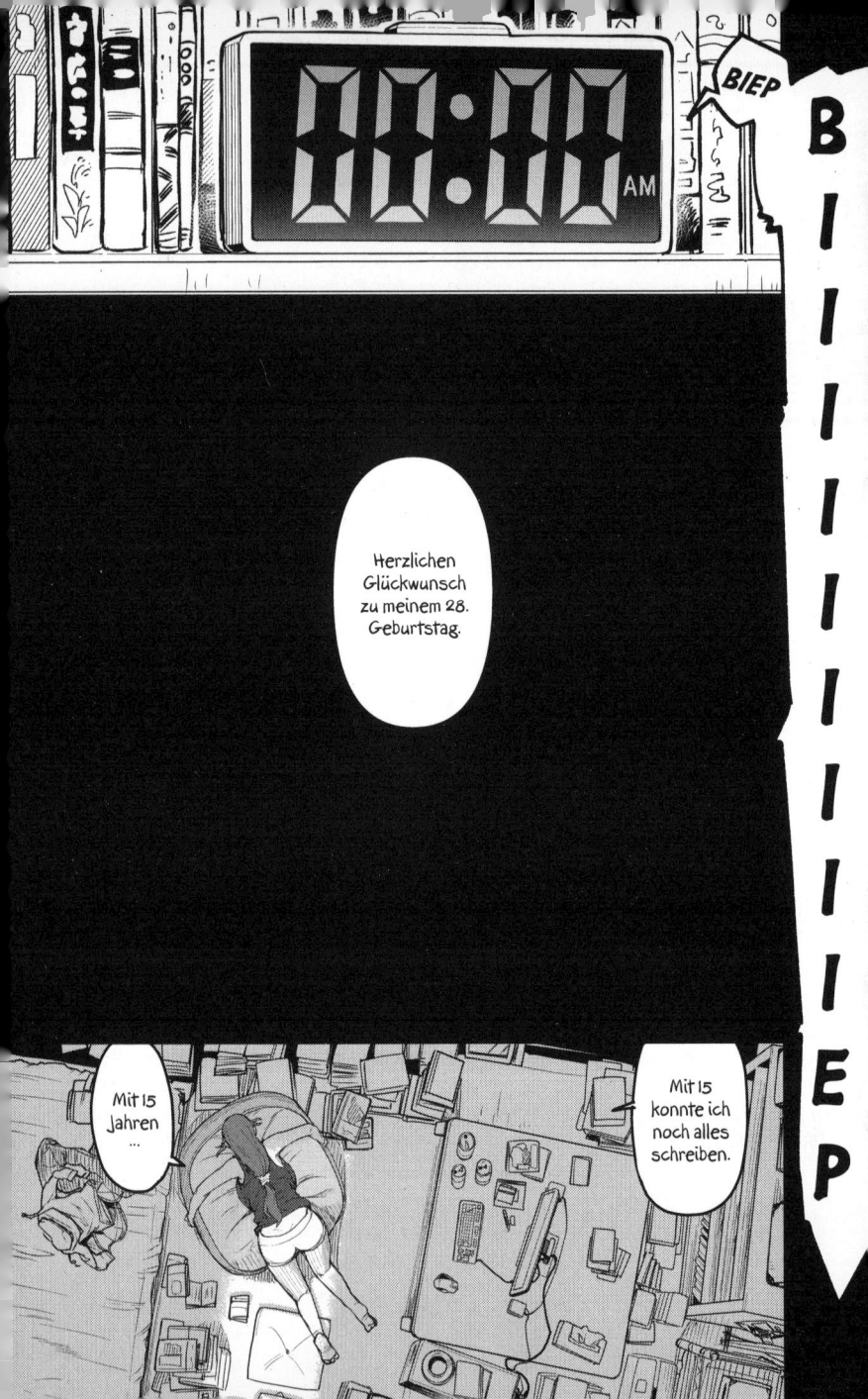

* Nur in Schriftzeichen verfasste alte Textgattung, die dem klassischen Chinesisch folgt.

Der Text enthält jedoch auch Hiragana, sodass ich die entscheidenden Stellen lesen kann.

* Bedeutende Gedichtanthologie der japanischen Literatur um das Jahr 759, zu Deutsch *Sammlung der zehntausend Blätter*.

»Gleich der Sonne oder dem Mond am Himmel erscheinst du mir ...

... der du Tag um Tag zu meinem Jammer älter wirst.«

Das kommt mir bekannt vor ... Ist das nicht aus dem *Manyoshu**?

So jung bin ich auch wieder nicht.
Oh Mann ...
Ich will zurück nach Hause.

Willkommen!

Der Kerl hat wirklich kein Feingefühl!

Wenigstens einen Kuchen werde ich mir gönnen.

SST

Jetzt geht's mir ein bisschen besser.

...

Huch? Wo ist denn mein BH ...
!
Was ist mit ...
... meinen Augen?!
VERSCHWIMM
SCHWANK
?
?!

SCHWANK

Ah!

DOMM

?!
KLIRR
W... Was ist das für ein Krach?
POLTER
POLTER
POLTER
Was?
Hey! Was machen Sie d...
BAMM
Diese Kundin ...
... war doch erst größer ... oder?

Echt jetzt?! Zwei Kinder?!

Laut ihrem Arzt hat sie wohl Stuhl mit dem Volumen zweier Kleinkinder angesammelt oder so ähnlich.

Das tut so weh!

Der Arzt sagte, es bestünde Lebensgefahr, deswegen wollte sie sich freinehmen.

Ihre Verstopfung ist wohl schlimmer geworden, sodass ihr Bauch voller Stuhl ist.

Wirklich?!

Im Ernst!

Soll ich mal anrufen? Das könnte lustig werden.

Tatsächlich gab es wohl schon Fälle, in denen Menschen an Verstopfung gestorben sind. Wahrscheinlich hat sie sich zitternd und weinend auf dem Klo verkrochen.

Natürlich.

Und behalt die Sache für dich, ja?

Wünsch ihr gute Besserung ...

SST

Ich hab ihn irgendwie ausgetrickst.

Was ist hier los?

Oder wäre ein Familienmitglied besser? Hi hi!

Die Warnung eines Freundes, der hätte tot sein müssen.

Die Geschichte könnte mit rätselhaften Mails beginnen.

Ich sprudle über vor Ideen!

KLACKER

KLACKER

BWWW

BWWW

Und dann verschwand Sumireko.

KASSE

1   **2**

Kuckuck!

2. Mysterium ‖ Tsukiyomis Wasser der Jugend Teil 2

2

CLOSED

Seit einer Woche hat Sumireko nichts mehr von sich hören lassen.

CLOSED

THIS CASHIER IS CLOSED

Es tut uns leid, aber benutzen Sie bitte die andere Kasse.

PLEASE GO TO OTHER CASHIERS

Sie wollen bei Sumireko vorbeischauen ...
... Herr Onishi?
Oje ... Das passt dir wohl gar nicht.
Na ja, was soll ich tun?
Nach einer Woche kann ich ihr Fehlen doch nicht mehr ignorieren.
Da haben Sie auch wieder recht.
Aber du könntest doch gehen, Ren.
Solang ich weiß, was los ist, kann ich die Sache irgendwie regeln.
Schau doch mal bei ihr vorbei.
Bist du nicht mit ihr befreundet?
...
Huch? Etwa nicht?

QUIIETSCH

KLACK

?!

Ihre Sicherheit kümmert sie wohl gar nicht.

Die Tür ist offen.

Sumireko! Ich bin's, Ren!

Das ist 'ne Razzia! Bist du noch am Leben?

Wenn du nicht antwortest, komm ich rein und seh mich nach Herzenslust um, okay?!

Ich wünschte, ich hätte die Wohnung unter anderen Umständen betreten.

Verflucht! Hier riecht's gut.

BWW
BWW
BWW
BWW
BWW

Spuren eines Kampfes gibt es nicht. Es ist bloß unordentlich.

Ihr Smartphone ist noch hier.

BWWW
BWWW

Wo steckt sie überhaupt?

Schwer zu sagen, ob hier ein Notfall vorliegt.

GEFAHR

Das
ist doch
…

Das Buch vom verkehrten Ladendiebstahl!

Wer, wann, wie viele und auf welche Weise ... Nichts von alledem ist bekannt ...

... über diese unheimlichen Bücher unbekannten Ursprungs.

SNIFF

SNIFF

Ab nach Hause und los-schrei-ben!

Ich glaube, das wird ein Meis-terwerk!

Nach Hause ...?

Aber wo ...

... war das noch gleich?

Vergessen? Ich kann mich nicht im Geringsten an dich erinn...

Du hast mich vergessen? Ganz schön kaltherzig.

Wer bist denn du?

Hng!

SCHMERZ

Was sind das für Kopfschmerzen?!
Das ist eine Nebenwirkung dieser Gestalt.
Du glaubst, du wärst wieder jung?
Das ist nicht der Fall.
Du wurdest nur in eine Kindergestalt gepresst. Deine Überreste sind noch immer in diesem Körper vorhanden.
Dein Blut, dein Fleisch, deine Knochen - alles an dir ...
... ist einfach nur geschrumpft.
Du scheinst ja ... gut im Bilde zu sein.

Jetzt erinnere ich mich ... wieder ...

... Ren.

Genau! Du bist Ren Adashino!

Hah ...

Hah ...

Das ist aber komisch.

Warum stört dich mein Zustand nicht?

Weißt du ... irgend- etwas?

»Gleich der Sonne oder dem Mond am Himmel ...

... erscheinst du mir, der du Tag um Tag ...

... zu meinem Jammer älter wirst.«

Band 13, Gedicht 3.246, Verfasser unbekannt.

Dieses Gedicht wird interpretiert als Wunsch einer Frau, eine hochrangige Person wieder jung zu machen ...

... aber auch dies ist eines jener Gedichte, die nicht rezitiert werden dürfen.

Das heißt, die Rezitation dieses Gedichts erzeugt ein übersinnliches Phänomen? Von dieser komischen urbanen Legende höre ich zum ersten Mal.

Es heißt *Tsukiyomis** Wasser der Jugend.

Legenden, die von Verjüngung und Unsterblichkeit handeln, gibt es doch viele.

* Japanische Gottheit. ** Die Spiegel zeigen nur unter bestimmten Bedingungen übernatürliche Erscheinungen.

Aber es scheint ein seltenes Gedicht zu sein, das seine Wirkung nur unter bestimmten Bedingungen entfaltet.

Wie bei der urbanen Legende der gegenüberstehenden Spiegel**?

SCHWANK

Dann verrate mir doch bitte, um was für Bedingungen es sich handelt.

Natürlich!
Erstens: Die Uhrzeit ist Punkt Mitternacht.
Zweitens: Das Gedicht muss im Mondlicht gelesen werden.
Drittens: Man muss mindestens 28 Jahre alt sein.
Die Bedingungen wurden tatsächlich erfüllt.
Füh ...
Hah ...
Und die vierte und letzte Bedingung wäre ...
Die Leserin muss Jungfrau sein.
Hä?

Hab ich mich verhört? Was hast u gerade ...
Die Leserin muss ...
... Jungfrau sein.
Die Leserin muss ...
... Jungfrau ...
... sein.
Du wiederholst dich.

SCHWANK
Das Mysterium hat deine Reinheit bewiesen!
Du bist also noch unschul-dig, Sumi-reko!
BEB
BEB
Könntest du bitte kurz still sein?
Sonst bringe ich dich noch aus Verse-hen um.
Warum?
Warum ist dieses Buch bei mir gelan-det?
Ich würde dir gern einen plausiblen Grund nen-nen ... aber es war Zufall.
Es gibt überhaupt keinen Grund?!
Nein. Das alles ist reiner Zufall.

... noch wurdest du auserwählt.

Das ist der einzige Grund, den ich dir nennen kann.

Du hast das Buch weder herbeigerufen ...

Du warst zufällig zu einer bestimmten Zeit an einem bestimmten Ort.

Aber dass du jetzt dem Tode nahe bist, ist deine Schuld, weil du so unbekümmert herumspazierst.

Willst du mir damit sagen, dass es nicht meine Schuld ist?

Offenbar bleibt dir keine Zeit mehr.

Komm! Von dort drüben können wir den Mond sehen.

Um dich zurückzuverwandeln, braucht es Mondlicht.

Ich hab zu viel geredet.

Ja, richtig! Werde ich sterben?!

Es ist noch nicht Punkt Mitternacht, aber lass es uns versuchen.

Von hier aus ist der Mond gut zu sehen.

Die Lesung des zweiten Gedichts neutralisiert den Fluch.

Auch das Choka gehört zum Fluchgedicht.

Als würde man noch mal rückwärts unter der Leiter durchgehen, um das Pech loszuwerden?

RUBB

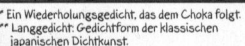

RUBB

Was du zuerst gelesen hast, war ein »Hanka«.*

Ich soll dasselbe Gedicht hier noch einmal lesen?

Aber diesmal liest du das »Choka«,** dem das Gedicht Nr. 3.245 von eben beigefügt wurde.

* Ein Wiederholungsgedicht, das dem Choka folgt.
** Langgedicht: Gedichtform der klassischen japanischen Dichtkunst.

... würdest du mir was zum Überziehen leihen.

Wenn du ein wenig Anstand besäßest ...

Natürlich!

Du ... trägst noch eine Unterhose, oder?

?

HIBBEL

HIBBEL

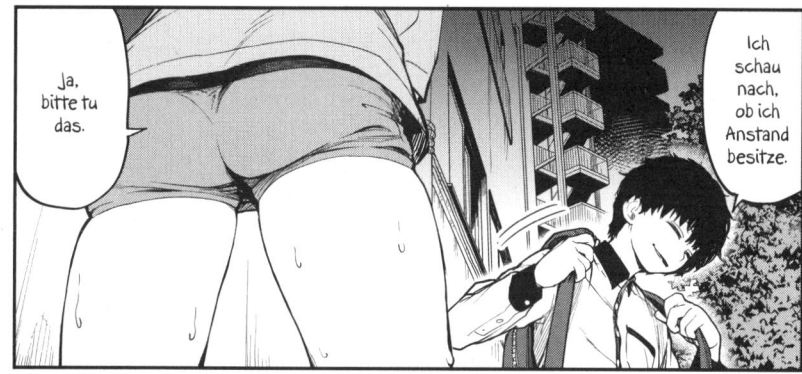

Ja, bitte tu das.

Ich schau nach, ob ich Anstand besitze.

Reicht ein kleines Handtuch für deinen Po?

Hmm ... Ich kann keine Spur von Anstand finden.

Ich werde es angemessen entsorgen.

Darf ich dieses Buch haben?

KRAM

KRAM

Was?!

GREIF

ス
カ

ZOSCH

Wie
konnte er
mich über-
holen?!

TRIEF

Was
geht hier
vor?

Schon
wieder!

Du bist
ganz schön
wendig.

Wie weit will sie denn noch laufen?

TRAPP TRAPP TRAPP

Hah ...

Hah ...

War...!

Ihr Gehirn könnte unter der Belastung kaputtgehen.

Das könnte ein böses Ende nehmen!

... sodass sie zu keinem normalen Urteil mehr fähig ist?

Hat ihr Verstand unter den Verwandlungen gelitten ...

KEUCH

KEUCH

Dort muss ich sie erwischen!

Zum Glück kommt gleich der Küstenpark, eine Sackgasse ...

Ich
brauche
dieses
Buch!

Ich
will aber
nicht!

Nie-
mand
wird
meine
Bücher
lesen ...

... wenn ich
nicht jung
bin!

Wie
kommst
du denn
auf die
Idee?

Was
soll das
heißen?

..?

Im Grunde
hab ich noch
nie Talent
besessen!

Aus
eigener
Erfah-
rung!

Fundsachen können Sie gern hier abgeben.

Ticketschalter

Ich kann es für ein Bahnticket Richtung Station der Finsternis* eintauschen.

Soweit ich es entziffern kann, ist es ein Fluchbuch, nicht wahr?

* »Yami-Station«: Name einer Bahnhofsstation in der urbanen Legende über die Kisaragi-Station.

Möchten Sie es eintauschen?

Diesmal nicht ...

Das ist schade.

SCHNAPP

94

Sie sind wirklich stur.

Warum geben Sie nicht endlich auf und kommen bei uns zur Ruhe?

* Bezeichnet ein spurloses Verschwinden, hinter dem laut altem Aberglauben ein Gott steckt.

Bitte beehren Sie uns bald wieder ...

... Kami-kakushi*.

Kisaragi

GEFA

Hat es mit dem Ticket ...

... nicht geklappt?

Es reicht nicht. Ich muss ein anderes Mysterium suchen.

Ich hatte glatt vergessen, wie boshaft diese Station ist.

SLURP

Sie hat ein gutes Herz ... und niemand hat mir in dieser Welt so viel geholfen wie sie.

Ha ha! Sie ist nur eine Kollegin.

Sag mal, Ren ... Bist du mit dieser Frau zusammen?!

GRUMPF

Ich bringe sie heim, bevor sie aufwacht.

Sie wäre fast gestorben, als sie einem Mysterium verfiel. Ich konnte sie nicht im Stich lassen.

Huch? Bist du sauer?

ZACK

Hast du etwas zum Anziehen da, Oto?

Aber zuerst muss ich den Blick auf ihre Unterhose versperren.

…
Suchst du jetzt ein anderes Mysterium?
Ob ihr Hintern überhaupt da reinpasst?
Was denn sonst?
Uuuh. So eng.
ZERR
RITSCH
Ich glaube … da ist ein Mysterium.
Was?! Wo denn?!
In meiner Schule.

Das tut so weh! Danach

FLÜSTER

Werden Sie bald gesund.

Was ...? Vielen Dank.

Das ist für Sie, Frau Ogawa. Das fördert die Verdauung.

Mozuku*

LÄCHEL

...

Warum bekomme ich Mozuku?

Futo-mozuku**

* Sammelbegriff für verschiedene japanische Braunalgen. ** Tinocladia crassa, eine Braunalge.

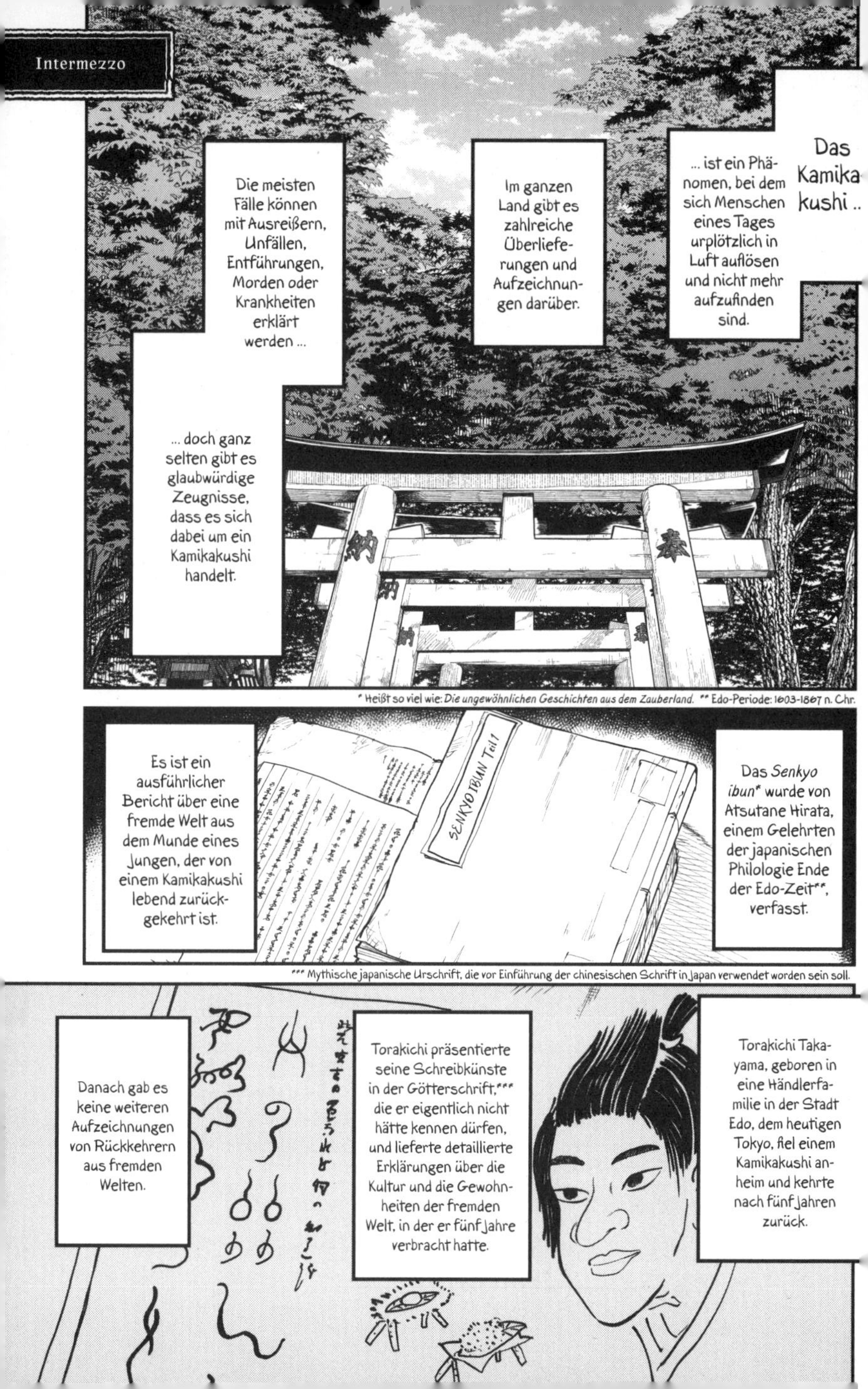

Die meisten Fälle können mit Ausreißern, Unfällen, Entführungen, Morden oder Krankheiten erklärt werden ...

Im ganzen Land gibt es zahlreiche Überlieferungen und Aufzeichnungen darüber.

... ist ein Phänomen, bei dem sich Menschen eines Tages urplötzlich in Luft auflösen und nicht mehr aufzufinden sind.

Das Kamikakushi ..

... doch ganz selten gibt es glaubwürdige Zeugnisse, dass es sich dabei um ein Kamikakushi handelt.

Heißt so viel wie: Die ungewöhnlichen Geschichten aus dem Zauberland. ** Edo-Periode: 1603-1867 n. Chr.

Es ist ein ausführlicher Bericht über eine fremde Welt aus dem Munde eines Jungen, der von einem Kamikakushi lebend zurückgekehrt ist.

Das *Senkyo ibun** wurde von Atsutane Hirata, einem Gelehrten der japanischen Philologie Ende der Edo-Zeit**, verfasst.

*** Mythische japanische Urschrift, die vor Einführung der chinesischen Schrift in Japan verwendet worden sein soll.

Danach gab es keine weiteren Aufzeichnungen von Rückkehrern aus fremden Welten.

Torakichi präsentierte seine Schreibkünste in der Götterschrift,*** die er eigentlich nicht hätte kennen dürfen, und lieferte detaillierte Erklärungen über die Kultur und die Gewohnheiten der fremden Welt, in der er fünf Jahre verbracht hatte.

Torakichi Takayama, geboren in eine Händlerfamilie in der Stadt Edo, dem heutigen Tokyo, fiel einem Kamikakushi anheim und kehrte nach fünf Jahren zurück.

*»Katsuma« ist der Name, den Torakichi von einer Berggottheit bekommen haben soll

Auch *Die Geschichte von Torakichi* oder *Katsumas Antworten** genannt.

PRALL

QUETSCH

ZWICK

Dann kennst du dieses Buch. Du machst deinem Ruf alle Ehre, Sumireko.

LINS

Gibt es nicht noch etwas, das du mir schon längst hättest erzählen sollen, Ren? Warum in aller Welt ...

Kisaragi

Adashino

... solche sein, die in ihrer ursprünglichen Welt als »unnötig« eingestuft wurden.

Die weggezauberten Personen könnten womöglich ...

Was soll ich eigentlich für dich tun?

...

PITSCH

RITSCH

... aber mit dieser Uniform gibt es trotzdem ein Problem. Hast du dafür eine Lösung?

Ich sagte zwar, dass ich dabei bin ...

RITSCH

»Der du Tag um Tag ...

... zu meinem Jammer älter wirst.«

Ohne Beschwörungsbuch? Meinetwegen ...

Steh doch kurz auf und rezitiere das Beschwörungsgedicht.

Diesbezüglich habe ich mir schon etwas überlegt.

Es funk-
tioniert.

Was für ein bele- bendes Schul- wegpano- rama!

...

Unzählige junge Damen, die über den schnurgera- den Weg am Deich entlang zur Schule marschieren.

Wie das Opening einer alten TV-Serie!

Kennst du *Herr Kinpachi** und so?

Was für ein Tsunami der Jugend, nicht wahr, Oto?!

*San-nen B-gumi Kinpachi-sensei ist eine japanische TV-Serie über den Lehrer Kinpachi Sakamoto und seine Klasse 3-B, die von 1979 bis 2011 ausgestrahlt wurde.

... unge- zwun- gen mit mir?

Sprich nicht so ...

H... Hör mal ...

Was? Was?! Mhm? Was?
Occhan! Guten Morgen!
!!
Guten Morgen, Nodoka! Mari!
Täusche ich mich oder habe ich mir gerade eine herbe Abfuhr eingefangen? Ha ha! Das kann doch nicht sein.
Hallo!
Hallo!
Hey, Occhan! Wer ist denn das?
Ach ja. Freut mich. Ich bin ...

Das ist »Wakazu-kuri«*!

SST

ZACK

DING DONG DING

Schnell! Lass uns gehen, Occhan! Bevor das Tor zumacht!

T... Tut mir leid, Wakazu-kuri!

VERBEUG

Du gehst mir auf den Geist.

Du ...

FLÜSTER

Und hör auf, meinem Bruder schöne Augen zu machen!

... ge-lang-weilte Hausfrau!

FLÜSTER

Dich dort einzuschmuggeln wird nicht schwierig sein, da viele Mädchen auch zwischendurch auf die Akademie wechseln.

Alle zwölf Jahrgänge werden dort unterrichtet, und es gibt 2.100 Highschool-, 1.200 Mittelschul- und 600 Grundschülerinnen.

Die berühmte Koone-Akademie für Mädchen wurde im Jahr 1877 gegründet.

3. Mysterium ║ Chinrinki* Teil 1

* Name eines Rinderdämons.

Zurzeit kommt es dort zu unerklärlichen Phänomenen ... oder vielmehr Vorfällen.

Die Schule ist sehr streng und legt großen Wert auf gute Sitten und Tradition. Das Schulmotto lautet »Kameradschaft, Anstand und Fleiß«.

... was höchstwahrscheinlich mit einem Mysterium zu tun hat.

Aus absonderlichen Gründen bleiben zahlreiche Schülerinnen der Schule fern ...

Guten Morgen.

Guten Morgen!

Finde doch bitte heraus, was es mit diesen Vorfällen auf sich hat, Sumireko.

Oh! Guten Morgen, Oto!

Jetzt schau nicht so auffällig in der Gegend herum!

ヒソ
ヒソ
FLÜSTER

FLÜSTER

Deine Schleife sitzt schief.

Oooooh!

Sieben Stunden später.

Schüler–WC

KULLER

Warum muss ich dann meinen Hintern ...

... sieben Stunden lang an einen Toilettensitz gewöhnen?

FLENN

FLENN

Ich ...

Ich wollte doch eine fröhliche Zeit unter Schülerinnen verbringen.

Was ist aus all dem fröhlichen Lachen geworden?

Darf ich denn wenigstens was essen?

Nie?!

Von so etwas war nie die Rede. Und wird es auch nie sein.

Aber ich kann überhaupt nichts erkennen.

Schließlich habe ich eine Schwäche für solche Storys.

Erzähl mir davon. Ich verspreche dir, mich nicht über dich lustig zu machen.

Ich hab's geahnt...

Die Kleine ist eigentlich ganz süß.

GRUMPF

... aber einem Mädchen wie dir würde ich gern glauben.

Diese Schildergeschichte geht auf Ren zurück, was die Sache fragwürdig macht ...

Du bist für deinen Bruder mutig gewesen und darum ...

... werde ich dir glauben.

Dennoch hast du dich um eine Erklärung bemüht, damit ich dir helfe.

Du hast Angst vor diesem Schild, nicht wahr? Dein Finger hat gezittert.

Tu's aus Liebe!

Aaah.

Das ist unfair, Mari! Du verstößt gegen das Occhan-Antimonopol-Gesetz!

Maris Schoß ist mir lieber.

Sie muss sich auch zu uns setzen!

Nicht wahr?! Sag ich doch!

Oh! Lecker!

WOAH

Genau das sind die Momente, auf die ich mich gefreut habe.

KNURPS

KNURPS

Ich bin abgeblitzt! Aber was ist das für ein leckerer Snack?! Hey! Probier auch mal, Erika!

Du erholst dich aber schnell, Tama.

Für mich nicht. Bin auf Diät!!

Möch-test du auch?!

Ach ja! Habt ihr schon von dem Gerücht gehört?

Hm?

Danke dir, Nodoka.

Und zumindest in den Mittelschulklassen gibt es nicht mal Mobbing!!

Dieser Friede ist so übertrieben, dass es schon wieder unheimlich ist!!

Weil es in dieser Schule überhaupt nichts Aufregendes gibt!! Weder Prügeleien noch irgendwelche Vorfälle!!

Statistisch betrachtet ist das bei dieser Schülerzahl ein Wunder, das ich kaum glauben kann.

Es gibt keinen einzigen Mobbingfall?

Ach so. Meinst du das »Sabberlätzchen«?

Aber in letzter Zeit sollen doch immer mehr Mädchen die Schule verweigern.

Die neue Vertrauenslehrerin ist so engagiert, dass wir nun öfter ermahnt werden.

Endlich kommen wir zum Punkt. Hier folgt die Zusammenfassung aller Informationen, die ich in Erfahrung gebracht habe.

?

Mir persönlich gefällt diese friedliche Atmosphäre.

... seit ich die Adashino-Geschwister kennengelernt habe ...

... weiß ich, dass wir es mit einem Mysterium zu tun haben könnten.

Diese alternative Erklärung hat meinen Schaffensdrang wiederbelebt, sodass ich in diesem Moment ganz aus dem Häuschen bin.

... ge-mobbt, nicht wahr?

Alles in Ordnung?

M... Machen Sie sich keine Sorgen. Es ist alles in Ordnung. Wirklich.

Alles gut. Das war bestimmt hart für dich. Ich bin auf deiner Seite.

SACK

Mich erschüttert nur die Tatsache, dass ich mich nicht erfolgreich unter das junge Volk mischen konnte.

FLENN

FLENN

Beruhige dich und erzähl mir, was los ist. Du brauchst dich nicht zu beeilen.

N... Nun ja ...

Bitte entschuldige, dass ich so voreilige Schlüsse gezogen habe!

Schon gut, das macht nichts.

Die anderen hatten dich so an den Armen gepackt, dass ich überstürzt reagiert habe.

Was für ein Irrtum! Es ist mir so peinlich!

Ich muss mich später auch bei den anderen Mädchen für den Verdacht entschuldigen.

Schön, dich kennenzulernen, Wakazukuri.

Ach ja ... Ich bin die Vertrauenslehrerin!

Solltest du Probleme haben, kannst du jederzeit zu mir kommen!

Ach komm! Jetzt sei nicht so gemein!

Mein jüngstes Problem besteht dann wohl darin, für ein Mobbingopfer gehalten zu werden.

Sie werden mein Vertrauen nicht gewinnen, indem Sie so ungeduldig vorpreschen.

Aber gut. Meine Träume?

Und was ist mit Träumen?! Hast du irgendwelche Träume oder Ziele? Ich unterstütze dich!!

ZISCH

Irgendwie kann ich ihr überhaupt nichts mehr übel nehmen.

Ich habe eine Unterstützerin gefunden ... Hi hi hi.

Ihr Waschweiber lasst noch immer nicht locker?!

SCHNAUB

PACK

Wir haben auf dich gewartet! Komm! Es geht weiter mit den schmutzigen Storys!

Urgh.

SCHWANK

Hey, Oto! Schau nicht nur zu ...

... und hilf mir.

SPUCK

Kyaaaaah!

Und du, Oto, ruf einen Krankenwagen!

Hol einen Lehrer, Nodoka!

Soll das heißen ...

Oto?

Was stehst du so herum, Oto?! Beeil d...

... Pferde bellen ...

... und Kühe wiehern ... *

Ich erlaube kein Mobbing, das hab ich doch gesagt.

* Japanische Redewendung für »Die Welt steht kopf«.

Mysterious Disappearances Band 1 / Ende

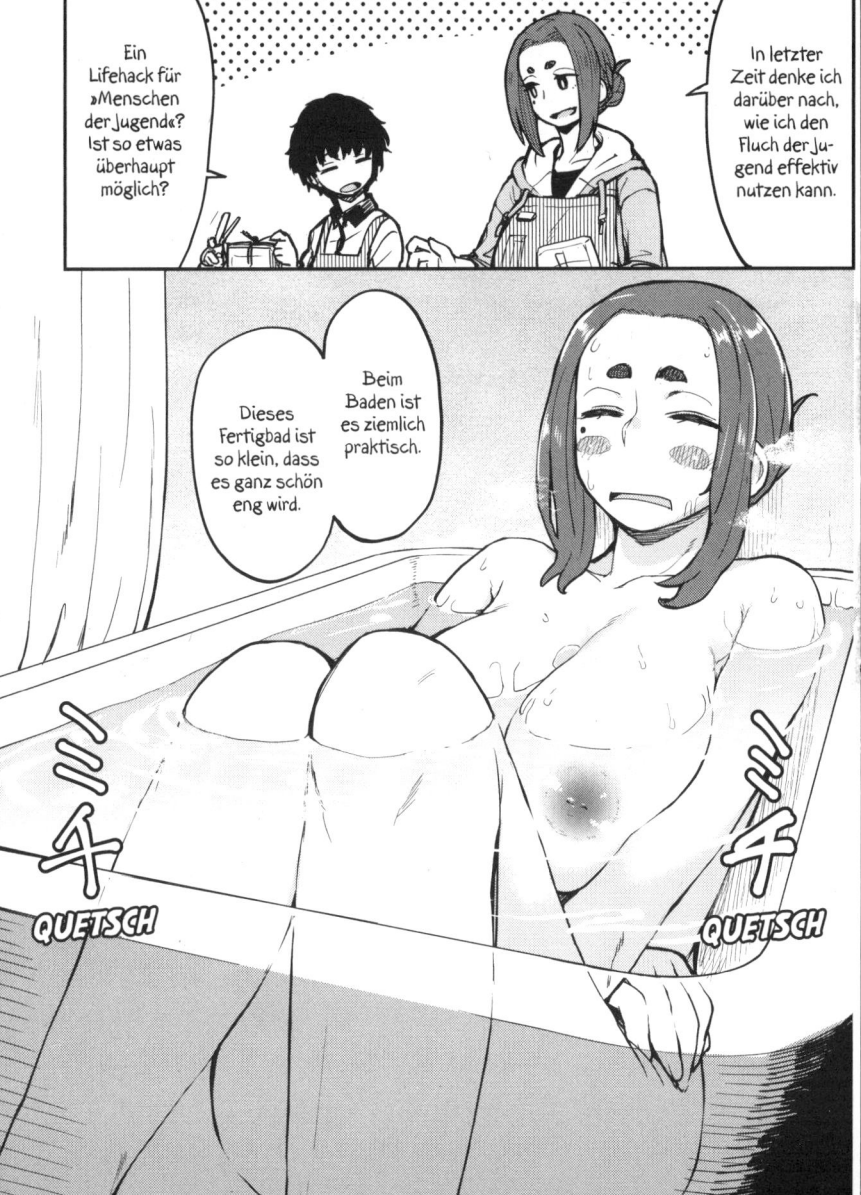

154

ZUCK

J... Ja?!

Und du komm bitte mit. Ich möchte dich kurz etwas fragen.

Frau Uname ist doch so nett. Sie ist bestimmt okay.

Wir werden uns später bei ihr entschuldigen.

Tamao

Ob sie okay ist? Bekommt sie Ärger?

Nodoka

Sie hat Wakazukuri mitgenommen.

Erika

Was ist los, Mari?!

Frau Uname ... trägt schwarze Reizwäsche.

SCHLUCK

Mari

HIBBEL

Lasst uns lieber aufräumen, statt uns Gedanken zu machen.

HIBBEL

Mari?

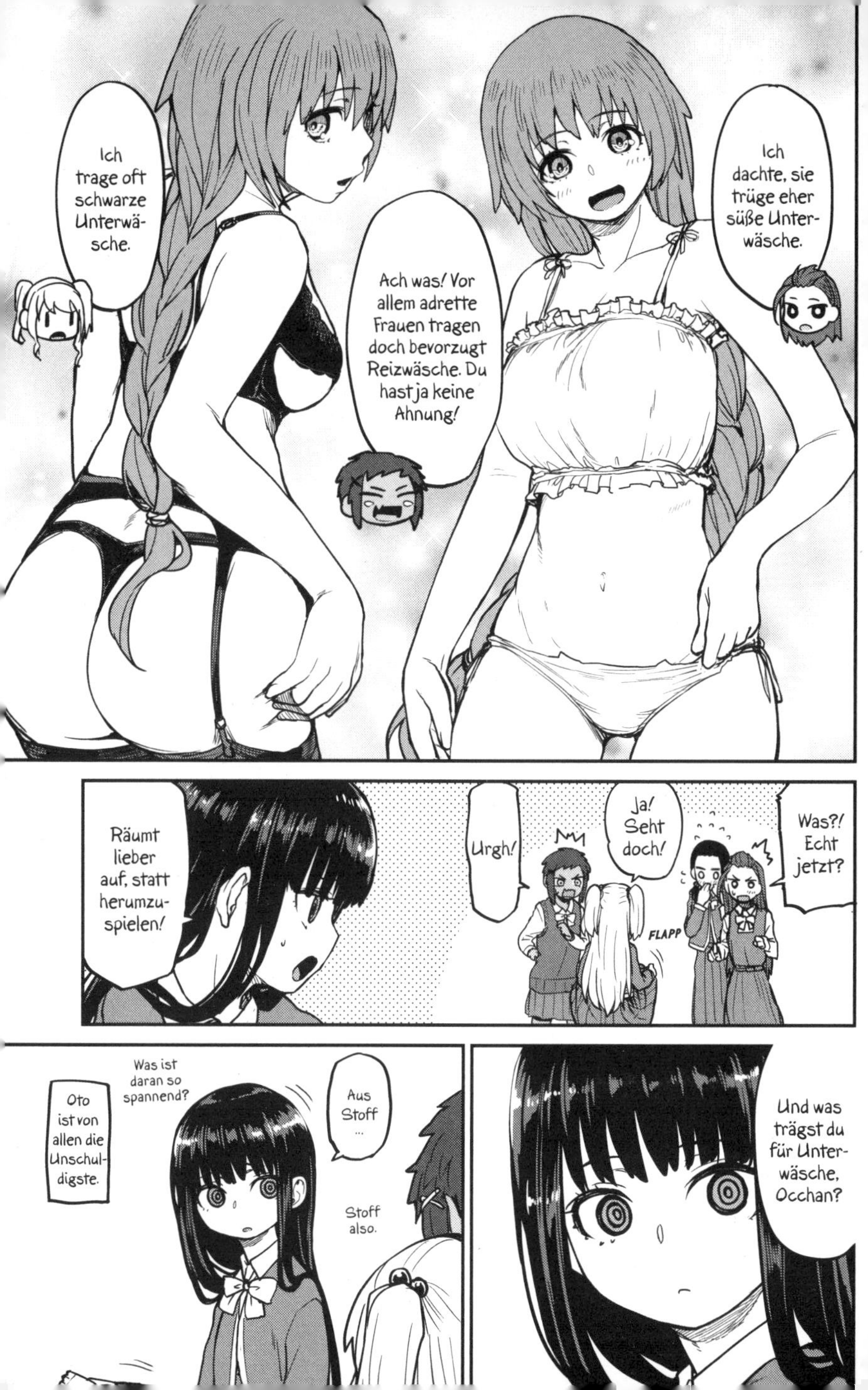

Ich trage oft schwarze Unterwäsche.

Ach was! Vor allem adrette Frauen tragen doch bevorzugt Reizwäsche. Du hast ja keine Ahnung!

Ich dachte, sie trüge eher süße Unterwäsche.

Räumt lieber auf, statt herumzuspielen!

Urgh!

Ja! Seht doch!

FLAPP

Was?! Echt jetzt?

Oto ist von allen die Unschuldigste.

Was ist daran so spannend?

Aus Stoff...

Stoff also.

Und was trägst du für Unterwäsche, Occhan?

TOKYOPOP GmbH
Hamburg

TOKYOPOP
1. Auflage, 2024
Deutsche Ausgabe/German Edition
© TOKYOPOP GmbH, Hamburg 2024
Aus dem Japanischen von Sakura Ilgert

KAII TO OTOME TO KAMIKAKUSHI vol. 1
by Nujima
© 2020 Nujima
All rights reserved.
Original Japanese edition published
by SHOGAKUKAN.
German translation rights in Germany,
Austria, Liechtenstein and German speaking
area in the Switzerland, Belgium, Italy and
Luxembourg arranged with SHOGAKUKAN
through VME PLB SAS.

Redaktion: Sabine Scholz
Lettering: Vibrant Publishing Studio
Herstellung: Alina Kronenberg
Druck und buchbinderische Verarbeitung:
CPI-Clausen & Bosse GmbH, Leck
Printed in Germany

MIX
Papier
FSC FSC® C083411

Wir achten auf die Umwelt.
Dieses Produkt besteht aus FSC®-zertifizierten
und anderen kontrollierten Materialien.

ISBN 978-3-8420-9115-3

www.tokyopop.de